# 야사리 은행나무

박현덕

1967년 전남 완도 출생으로 광주대 문창과 및 동 대학원을 졸업했다. 1987년
《시조문학》에 천료되었으며, 1988년 《월간문학》 신인상에 시조가, 1993년 〈경
인일보〉 신춘문예에 시가 당선되었다.
중앙시조대상, 김만중문학상, 한국시조작품상, 오늘의시조문학상 등을 수상했
으며, 시집으로는 『겨울 삽화』 『밤길』 『주암댐, 수몰지구를 지나며』 『스쿠터
언니』 『1번 국도』 『겨울 등광리』가 있다. '역류' 동인.

# 야사리 은행나무

—

초판 1쇄  2017년 5월 1일
지은이  박현덕
펴낸이  김영재
펴낸곳  책만드는집

—

주소  서울 마포구 양화로3길 99 4층 (04022)
전화  3142−1585·6
팩스  336−8908
전자우편  chaekjip@naver.com
출판등록  1994년 1월 13일 제10−927호
ⓒ 박현덕, 2017

* 이 시집은 문화체육관광부 · 🌊 (재)전라남도문화관광재단에서
  지원금을 받았습니다.

ISBN  978−89−7944−610−4 (04810)
ISBN  978−89−7944−513−8 (세트)

한국의 단시조
0
1
8

# 야사리 은행나무

## 박현덕 시집

책만드는집

바람에 자꾸 마음이 흔들립니다
이리저리 휩쓸리다
몸을 꼿꼿하게 일으켜 세우는
그 여린 풀잎처럼,

광기로 얼룩진
삶의 짠 울음을 모아
일곱 번째 시집을 냅니다.

－2017년 4월

박현덕

## | 차례 |

# 1부   바람의 얼굴

# 2부     선학동을 지나는 버스

# 3부 가로등

# 4부     무등을 생각하며

# 1부
## 바람의 얼굴

# 밤 빗소리 1

밤은 점점
깊어가는데

빈 술잔을 채우는 손

어머니의 긴 한숨이
도랑에 고인다

눈물이
다녀갔는가
목련꽃 피었다 진다

# 밤 빗소리 2

젖은 가슴 풀어놓고
마음을 추스른다

어제 글피
구부러진
일상으로 바삐 오는

카랑한
낱장의 흰 말씀,
이 저녁
뚝뚝 지네

# 바람의 얼굴

밤 열한 시
아파트
난간이 몸부림친다

구슬픈 만가인가
늑골 밑이 젖어들고

누군가
생의 마지막
온몸으로
떨고 있다

# 시월

가을볕이
입속에서
살강살강 씹힌다

여물지 못한
마흔도
바람 소릴 흉내 낼 뿐

그 바람,
나를 할퀴어
울음주머니를
차게 했다

# 저수지

봄볕이 따사로워
둑에 앉아
봄 낚는다

물소리 결 짚어보면
사는 것
헛발이다

마음이
저만치 걸어가
저수지 새가 된다

# 겨울비
### –김만중 생각


살을 베듯
가난 베듯

겨울비가 내린다

근본이 무엇인지
잎도 꽃도
지고 말아

어머니 다듬이 소리
화살처럼 박힌다

# 앵강을 보며

### - 김만중 생각


초옥 지붕 위에서
앵강을 바라본다

아무 일도 없는 듯이 상처를 숨긴 바다

나는 또 해풍을 핥아
술과 시詩를 먹는다

# 무종 霧鐘

맹골죽도 무종은
안개 속에 서럽다

은밀히 침입해 온
바람 군단軍團 껴안으며

고깃배
숨 고르는 길
울음소리 절창이다

# 맹골죽도

밤새 파도 소리에
잠이 다 짓밟히다

문득 눈뜬 아침결에
허상 같은 저 세월호

미친개,
생각의 덜미를
불온하게 물고 있는

# 다시, 팽목항


내가 언제
바다 보고
울음통을 비웠나

눈물이
바짝 말라
봄은 멀리 달아나도

늦저녁
하늘을 껴안는
수백의 별 무더기

# 침수정에 와서

바람이 여름 한낮
서성이는 고반의 뜰

세살창 열어둔 채
쪽잠을 따라가면

홀로 선
배롱나무가
내어주는 주단 길

# 흐리다

밤 더욱 깊어지니
그림자도 자취 없고

는개 속에 띄워보는
달그락,
빈 배 한 척

어느 강
기슭에 닿아
봄을 싣고 오려나

# 매운탕집

도로 아래 볼품없는
그저 그런 송석식당

메기들의 소신공양
참배객이 줄을 선다

술잔을 털면서 뱉는 말
'세상 참 힘들다'고

# 장흥 유치를 지나며

할매 같은 곰치고개
슬쩍 넘어
유치 가면

몸 낮춘 억새 사이
탐진강 꿈틀댄다

수장된
마을의 길이
또 버스를 부르고

# 밤 완도항


날 선 어둠
방파제에서
바다에 술 따른다

먼발치 어선 불빛
밤새도록 파랑 치고

내면의
울음이 터져
시방 눈물 흘린다

# 2부

선학동을 지나는 버스

# 비

배꽃도 다
마냥 지고

바람처럼
구름처럼

봄비에 젖어버려
세월 간다
했는데

간신히
마음 쓸고 간
천지간, 새의 깃털

# 거울

이제 모두
말할 수 있어

환히 비춘
물그림자

머리 푼 여자들이
저수지 앉아
빨래한다

상처 난
가슴 다독이는
어머니의
성城에서

# 선학동을 지나는 버스

해안도로 옆
주막집
뼈대만 남아 있다

소리꾼처럼
울던 바다,
다시 비를 맞는다

버스는
가슴이 터질 듯
굵은 가래
내뱉고

# 한여름 밤


더워 잠이 오지 않아
식구들 거실에 모여

공포 영화 보면서 둥근 수박 먹는다

달빛이 거실 가득 출렁
몸을 떤다
핏물 뚝뚝

# 눈이 내리네

이른 가을 눈 내리네
중환자실 병상 머리

숨 가쁘게 뿜어내는
가습기 둘레마다

한밤 내
차곡차곡 쌓인
눈가루 부스러기

# 고인돌 1


잊은 지 오랜 사람
먼 길 걸어 만나네


돌 아래 포개어진
선사의 생 들춰 보면


홀연히
일어서는 바람
하늘과 접신할 듯

# 고인돌 2

다들 잠든
적요의 밤
움집에서 기어 나와

살아생전
기억으로
석실에 가 눕는구나

긴 꿈길
채석장 언저리
창을 들고 서 있다

# 고인돌 3

해 지자 화순 대신리
돌무덤 산 축축하다

죽음은 둥둥 떠서
마음 한쪽 둘 데 없고

고인돌
만지며 노는
아이 손만 천진하다

# 야사리 은행나무*

어제도 노거수에
아낙 몇이 술 드렸다

즈믄 상처 도려냈던
외과 수술 그 흔적이

여든 해
우리 어머니
끌고 다닌 다리 같다

* 화순 이서면 야사리에 있는 은행나무. 수령 500년 이상 된 천연기념물로
  전란이나 나라의 불운이 있을 때 우는 소리를 낸다고 한다.

# 금산의 기억


사흘째 내린 비에
앙가슴 죄 아려와

사라진 이름들을
술잔에 담아본다

하나씩 호명하면서
올라보는 보리암

# 가을

추수 앞둔 이 가을에
작달비가 웬일인가

속 다 비운 정미소는
몸살로
끙끙 앓고

논배미 둑이 터지듯
마음도 갈라진다

# 폭설

대문 열기 버겁도록 밤새 눈이 쌓였다

바람은 몸 일으켜 쪽마루나 쓸고 갈 뿐,

깡마른
독거 나무 위
흰 새 떼 수천 마리!

# 감은사지에서

밤에 듣는 파도 소리

그 천 년을
접었다 펴고

바다에 제 이름을
깊게 새긴
대왕암

여윈 잠
그리움 찾아
용혈로 드나든다

# 봄밤

팔작집 아궁이에
봄 한 줌
군불 지핀다

버스도 이미 끊겨
마을을 뒤적뒤적

몸 푸는
어둠을 끌고 와
걸쇠에
걸어둔다

# 앵무새

나는 늘 감옥 갇혀
마른 꽃처럼
삽니다

우물보다 더 깊은
내면의
눈물통 하나

햇빛에
바짝 말립니다
마음의 문
*끄르고*

# 3부
## 가로등

# 국밥

다저녁 퇴근길에
국밥집 들어간다

괜스레
잘 보낸 하루
울음 같은
소주잔

국밥에 목 넘김 하며
또 일당을 털었다

# 신가리 포장마차

포장마차 후미진 자리 사내 몇 홀짝인다

실직의 나날만큼 비닐막 밖 비에 섞여

밤길에 마중 나온 아내 눈물 같은 술잔이다

# 새벽길

찬 바람 맞아가며
통근버스 기다린다

눈물만큼
작은 소망,
빨간 날이 그립고

출근길
편의점에서
로또 한 장
몰래 산다

# 작업복

하루 동안 걸친 잠바
옷걸이에 모신다

닳아진 신발처럼
부르튼 입술처럼

가장의
쓸쓸한 모습
겨울바람 피해 갔다

# 인력시장에서


새벽 네 시
직업소개소
꽃불 주위의 중년들

무너진 꿈
가슴에 안고
발을 동동 구르며

허기진
하루살이 노동
호명 소리
기다린다

# 밤길

가로등이
졸고 있다

집으로 가는
퇴근 버스

가압류한
시간 풀고

공단 밖으로
밀려난다

오늘도
헛것으로 산 몸,
술주사를
놓아야지

# 공친 날

깝깝스럽다
중국 동포
일용직 건설 노동자

공치는 날 너무 많아
낮술에 풋잠 잔다

타버린
살갗 속으로
햇살이
금침 놓는다

# 특근

하루 품삯 곱빼기인
국경일도 일요일도

집안의 상처들을
꿰매고자
출근한다

밤늦게
집에 들어가면
상처가 또
곪아 있다

# 철근공

비 내린 날
재봉 아재
화투패를 돌립니다

바람 부는 날
여럿 모여
술잔을 돌립니다

공친 날
뼈 마디마디가
철근같이
흔들립니다

# 철야를 마치고

너무 조용한
새벽 네 시
또 이렇게 날 샜다

긴 작업을 마치고
탈의실에서
풋잠 자면

자식들,
급식비 생각에
눈물겹고 흐뭇하다

# 가로등

숫눈이다 이 도시가 생기고부터 나는 살았다 인근 공단 퇴근 버스 막 내린 여공들이 내 곁에 잠시 머물다 골목 밝힌 달을 보네

# 탄광촌

교대 마친 광부들 해남집에서 술 들이켠다

석쇠에 가득 올린 돼지비계를 뒤적뒤적

가슴 속 쑤셔 넣으며 탄가루를 걸러낸다

# 판잣집


영등포역
뒤편을
한참 동안 걸어가면

성냥갑처럼 붙어 있는
판잣집이
출렁인다

대낮에
술 취해 절규하는
유배지의
노인 본다

# 비 오는 날

공사장 훑고 가는 물방울 소리 듣네

종이박스 깔고 누워 새우잠을 청하면

뼈마디 바스러지는 꿈,
바람도 울고 가네

# 점심시간

국수 먹고 담배 핀다
탈의실 벽 기대어

여름 한낮 지친 몸이
면발처럼 휘어진다

오늘도
관에 벌렁 누워
죽는 연습
되풀이한다

# 4부
## 무등을 생각하며

# 은행나무

밤새 비가
하염없이
누런 한지를 적시더니

불 꺼진
귀틀집 한 채
마작 같은 강 흐르고

긴 겨울
소박맞은 여자
발 구르며 서 있네

# 60, 마산

빈 바다로 휘날리는
진달래꽃 한 송이

목쉰 여름
그 가뭄처럼
이슬 맺힌 밤입니다

어쩌랴
이승 산을 넘는
보름달이 되었구나

# 완도 선창가

폐선 몇 척 술 취한 사내 품에 묶여 있고

어둠 사른 풀잎 되어 목 축인 내 유년이

천 리 길 바람으로 달려 오 척 몸을 흔든다

# 이중섭

-흰소

그 잡놈 방죽에 빠져
저승 길목 걷더니

잿골 분이 못 잊어
꼭 보름 저녁이면

뿔 달린
우직한 흰 소로
동산에서 마냥 운다

# 聖 金曜日의 저녁

먼 마을 저녁연기가 바람 새로 날아간다
즈믄 세월 강물처럼 오솔길을 지나갈 때
어머니 흘린 노을 몇
소나무에 걸렸다

# 무등을 생각하며 1

－無等山

내 유년 적 별을 따던
눈빛 몸은 고을고을

늘 곤한 잠이 드나
높새바람 다시 일고

앞 뒷 산
첩첩 쌓인 안개
나비마냥 날고 있다

# 무등을 생각하며 2

저 해를 찾아 나선
기인其人,* 홀로
두견새 된다

개성 거기 노을빛이
이승 머리를
흔들면

무등산
그도 바람처럼
여름 내내
피리 부네

* 고려 초에 지방 향리의 자제로서 중앙에 볼모로 뽑혀 와서 그 고을 행정
  의 고문顧問을 맡아 보던 이.

# 무등을 생각하며 3

### ―五月祭


동굴로 걸음 옮긴, 해남집 아낙처럼

금남로 저기 약산藥山
노래를 부릅니다

어쩌랴
무장 트럭 한 대가
빗속으로
질주한다

# 무등을 생각하며 4

꼭두새벽 유리창 열면
망월 묘지 혼령들이

아파트 베란다에
가슴 추스른
새가 되는

여름은 산을 만들고
둥근 달도
물어 올렸다

# 무등을 생각하며 5

**－중봉에서**


눈 허벌차게 내린 날엔
아버지를 만난다

그 아픔 이후
무등산에
뿌려놓은 말씀이

이윽고
몸을 일으켜
저 하늘을 덮는다

# 무등을 생각하며 6

– 김남주 시인의 묘에서

밤 무덤을 둘러싼
나무들이 손 비빈다

대물린 감옥에서
마음 앓아
몸져 누웠거늘

그렇다
애비는 만적이었다
가슴밭에
칼을 숨긴

# 무등을 생각하며 7

잠결에 눈 비비니
계백이 보였다

쇠사슬로 포박당한 채
무릎 꿇고
목청 뽑았다

얼마나
저승 한 고개에서
깊은 시름 잠겼을까

# 족보

이젠 쓸모없을 것 같아
그걸로 군불 지핀다

저물녘 마당에 나와
굴뚝을 바라보면

나른한 영혼 이끌고
귀양 가는 행렬들

# 바람집
**−거울**

저 강물에 발 담그고
마음의 죄
씻는다

돌처럼 단단했을
욕망도
모래가 된다

강물은 너른 가슴에
안개꽃
뿌리며 간다

# 전봇대

내가 밤에
가면 쓰고
어정어정 돌아다니다

자궁 속
움집으로
노새처럼 걸어가니

골목 앞
걸대한 탁발승이
기다리네
머리 숙여

# 작고 낮은 것들의 아름다운 힘

정용국 **시인**

## 1. 프롤로그

인류 역사상 인간이 삶을 유지하기 위한 최소한의 기본 조건이 마련된 것은 그리 오래된 일이 아니다. 고도로 발달된 과학과 엄청난 규모의 경제 물동량이 오가는 시대임에도 불구하고 지구 상에 기아와 미개의 현장에 버려진 목숨들이 적지 않음을 되새겨볼 때, 인류 역사가 변화를 도모하기엔 길고 긴 인고의 시간들을 거쳐야 하는 것이 필수 조건으로 보인다. 우리가 겨우 식량 걱정에서 풀려나 복지와 문화라는 개념들을 거론하기 시작한 것은 아마 최근이라고 해야 할 것이다. 경제개발 정책이 시작된 이후로는 사회의 모든 지표와 목적들이 '경제원리'라고 일컬어지는 '최소의 투자로 최대의 이익을 창출한다'는 괴이한 개념에 얽매여 뒤돌아보지도 않은 채 앞만 보고 치달려 온 것이라고 해도 과언이 아니었다. 그러는 사이 '경제원칙'에 발목을 잡힌 교육·복지·환경·후생 등의 개념들은 실도도 없는 허울을 뒤집어쓴 채 삼류로 추락하게 되었다. 그래서 '선진'이라는 간판을 달아보기도 전에 이제 우리는 다시 새로운 개념의 복지와 환경과 개인의 수준 있는 '삶'을 생각하지 않으면 안 되는 기로에 서서 갈등하고 있는 것이다.

이제 어느 국가나 사회도 단순한 GNP의 수치나 각종 경제지표가 개인의 질 높은 삶을 얼마나 대변해주는지에 대해 의구심을 품지 않을 수 없다. 우리가 경제개발에 집중하고 수출입에 온 힘을 다해 매진하고 있을 때, 서구의 선진 국가들은 자연과 인간이 상쟁하지 않으면서 조화롭게 서로의 영역을 지켜주는 방식의 삶을 추구하고 있었다. 이러한 가치를 구현하기 위해 '작은 실천' 방안들을 구체화하고 이것을 통해 화평하고 완전한 조화의 경지를 향해 회귀하고 있었던 것이다. 대량생산과 자연 파괴가 유발하는 각종 폐해와 지나친 인간의 욕구를 줄여서 인간성을 회복하고 과소비를 경계하는 질이 높고 고결한 삶을 영위하려는 운동이 급속하게 인간들의 마음을 사로잡고 있다. 이 운동은 지구의 자원을 소중하게 생각하며 인간만을 위한 일방의 개발과 훼손을 경계하고 자연과 인간이 영원히 상생할 수 있는 가치를 최고의 선으로 인정한다. 더 나아가 인간 중심의 사고에서 탈피하여 지구에 생존하는 모든 생명을 존중하면서 자연이 베푸는 혜택을 고루 나누어 가지는 고귀한 삶의 도정을 기꺼이 수렴하는 슬기로운 선택이라 할 수 있을 것이다.

박현덕의 단시조를 접하면서 이러한 '경제 논리'를 떠올리게 된 것은, 아직은 조금 낯설고 서툰 삶의 방식이기는 하지만 '인간 본원의 위치로 귀환하려는 작은 몸부림'들이 모여 거대하고 무자비한 인간 중심의 오만한 세태를 톺아보고 개선하려는 새로운 시류의 기운을 느낄 수 있었기 때문이었다. 그는 이미 『스쿠터 언니』와 『1번 국도』 등의 시집을 통해 고속 성장한 우리 사회에서 본류에 합류하지 못하고 표류하는 이들의 거친 삶을 다루며 색다르게 시조단의 감성을 일깨운 바 있다. 이어서 김만중 선생이 노도에 유배되어 서포문학의 꽃을 피운 고된 발자취를 따라가며 그의 힘들고 거친 역경을 60편의 시조로 풀어낸 『노도에서의 하룻밤』은 또 다른 박현덕의 역량과 거침없는 상상력의 이면을 유감없이 보여준 성과물이었다. 근작 시집 『겨울, 등광리』에서는 그가 태어나 살고 있는 호남의 오롯한 지명과 작고 소소한 정서를 감칠맛 있게 엮어냈고, 이 역작으로 '오늘의

시조문학상'을 수상하기도 했다. 소개한 시집들의 편편 속에는 마치 꽃떨기같이 작고 약한 장삼이사들의 이야기 조각들이 모여 있다. 그 이야기 조각들은 아래를 향해 흘러가다가도 그들이 힘을 합쳐 목소리를 내면 산이 흔들리고 바다를 들썩거리게 하는 아름다운 힘을 발휘한다. 바로 이러한 힘이 박현덕 시조의 저력이라 할 수 있는데, 이번에는 그가 이 아름다운 힘을 모아 힘차게 단전으로 뿜어내는 고아한 단시조의 결정을 보여주는 새 시집을 상재하게 되었다. 그의 단수에 엉겨서 알알이 뭉쳐진 작고 낮은 삶의 보풀들은 또 어떤 감흥으로 다가올지, 자못 설레는 마음을 가다듬으며 박현덕의 단시조 세계로 들어가 보자.

## 2. 끝은 다시 시작을 물고

무無의 개념은 언뜻 단순한 듯하지만 그것의 깊이와 한계에 대해 짚어나가다 보면 한없는 無의 바다에 놀라고 만다. 특히 한문에서 無로 시작되는 어휘나 문장은 그 전체가 '~이 아니다' 또는 '~이 없다'라는 부정否定의 범주에 엮이면서 존재의 대평원이나 심해에 숨어 있는 정의定義의 가슴과 조우하는 생경한 순간을 맛보게 된다. 특히 불교의 주요

경전인 반야바라밀다심경에서 설하는 무시무종無始無終의 정신세계에 출현하는 '無~'의 세계에서는 '無'와 '無無'의 한 끝이 뫼비우스의 띠처럼 이어져 있는 것 같은 묘한 지경에 다다르게 된다. 제1부에 놓인 작품들을 읽으며 자연스럽게 다가온 분위기에서 진한 無(때로는 有나 始終)의 느낌이 전해진 것은 무엇 때문이었을까.

밤은 점점
깊어가는데

빈 술잔을 채우는 손

어머니의 긴 한숨이
도랑에 고인다

눈물이
다녀갔는가
목련꽃 피었다 진다
－「밤 빗소리 1」 전문

시집 제일 앞에 놓인 작품이다. 어느 시인이나 시집을 출판하면서 이 자리를 고심하지 않을 수 없다. 이 작품에서는 몇 장의 스냅사진이 얌전하게 놓여 오묘하고 깊은 분위기를 만들어내고 있다. 새 시집 곳곳에 등장하는 '술'과 함께 "어머니의 긴 한숨"이 스쳐 지나가고 "눈물이 / 다녀"간 후 "목련꽃 피었다 진다"는 전개는 시제 '밤, 빗소리'와 더불어 무심하고 지루한 비 오는 밤의 정경을 담담하게 그려내고 있다. '밤, 빗소리'가 작품 전체를 아우르는 가운데 초장의 "빈 술잔을 채우는 손"이 가져오는 불안은 중장에 와서 "도랑에 고인" "어머니의 긴 한숨" 때문에 더욱 깊어지지만 "눈물이 / 다녀"간 후 불안은 순식간에 해소된다. 여기 등장하는 "눈물"은 광의의 개념으로 읽히는데, '시간', '죽음', '해결' 등 독자의 시각에 따라 다양한 해석이 가능한 부분이라 하겠다. 작품에서 중요한 부분인 "목련꽃 피었다 진다"에 시간과 죽음과 해결의 의미가 모두 담겨 있는 것이다. '피다/지다'라는 정반대의 개념이 이어져 꽃의 한살이를 조용하게 들려주며 죽음도 탄생도 결국 無라는 개념에 안착하는 모습이 보이는 것이다.

밤 열한 시
아파트
난간이 몸부림친다

구슬픈 만가인가
늙골 밑이 젖어들고

누군가
생의 마지막
온몸으로
떨고 있다
─「바람의 얼굴」 전문

　「밤 빗소리 1」과 분위기는 아주 흡사하다. '밤은 점점 깊
어가는데─밤 열한 시'가 그렇고 '긴 한숨─늙골 밑이 젖어
들고'가 그렇다. 더구나 '피었다 진다─생의 마지막'은 "구
슬픈 만가" "온몸으로 / 떨고 있다"와 함께 감정을 상승시
키며 '바람'의 생생한 '얼굴'을 드러내 보여준다. "누군가 /
생의 마지막"을 슬프고 불안하게 조장하고 있는 '바람'은
때론 무섭고 두려운 존재이기도 하지만 늘 생명의 기운을
간직한 변화와 시작의 표상이기도 하다. 어두운 듯 보이는
시집의 첫 작품과 표제작이 암시하는 無의 이면에는 상극
의 개념이 상통하는 활기와 온기가 살포시 다가와 독자들
을 감싸주고 있다.

살을 베듯
가난 베듯

겨울비가 내린다

근본이 무엇인지
잎도 꽃도
지고 말아

어머니 다듬이 소리
화살처럼 박힌다
―「겨울비―김만중 생각」전문

밤 더욱 깊어지니
그림자도 자취 없고

는개 속에 띄워보는
달그락,
빈 배 한 척

어느 강

기슭에 닿아

봄을 싣고 오려나

–「흐리다」전문


　두 작품의 상황은 지극히 어둡고 힘든 고통의 정점에 있
지만 그것을 극복하고 개척하려는 강력하고도 믿음직한 긍
정의 의지로 가득하다. 박현덕은 서두에 말한 대로 김만중
선생에 대하여 깊은 경외심을 품고 있는 시인이다. 김만중
의 부친은 정축호란 때 순절한 의기의 관리였다. 그래서 홀
어머니 윤씨는 남다른 면모와 능력을 발휘하여 자식들을
양육했다. 김만중의 역작인 「구운몽」과 「사씨남정기」 등의
한글 소설이 그의 어머니를 위로하기 위한 효성의 결과물
인 것은 잘 알려진 사실이다. 「겨울비」에는 이러한 어머니
의 노고와 희생이 그려지면서 "화살처럼 박힌" "어머니 다
듬이 소리"로 맺어지는 종장이 모든 상황을 마무리하는 강
력한 이미지를 남긴다.

　형용사 '흐리다'를 시제로 선택한 두 번째 작품은 "그림
자도 자취 없"는 밤에 "는개 속에 띄워보는 / 달그락, / 빈 배
한 척"에서 전해지는 과정이 이채롭다. 시각 능력이 작동할
수 없는 환경에서 '달그락'이라는 부사가 "빈 배 한 척"을

요술처럼 가져오는 표현은 동화 같기도 해서 청각 이미지
가 돋보인다 하겠다. 그렇게 나타난 희망의 "빈 배"가 막연
하게 "어느 강 / 기슭에 닿아 / 봄을 싣고 오려나"라고 마무
리한 부분은 시인이 '흐리다'라고 전제한 시제의 느낌을 강
하게 드러내 보여주기 위해 설정한 결구일 것이다. 위 두 작
품은 '겨울비─흐리다'가 만나 미혹을 연출한 연작과도 같
은 느낌이 든다. 두 작품 모두 단수시조의 매력을 강하게,
때로는 부드러운 감각으로 붓질해낸 단아한 수채화 같은
작품들이라 하겠다.

밤새 파도 소리에
잠이 다 짓밟히다

문득 눈뜬 아침결에
허상 같은 저 세월호

미친개,
생각의 덜미를
불온하게 물고 있는
─「맹골죽도」 전문

내가 언제

바다 보고

울음통을 비웠나


눈물이

바짝 말라

봄은 멀리 달아나도


늦저녁

하늘을 껴안는

수백의 별 무더기

―「다시, 팽목항」 전문


"수백의 별 무더기"들이 몰살당한 시간에 대책을 적극 지휘 통솔해야 할 대통령은 그 잘난 올림머리를 하며 시간을 허비했고, '의문의 일곱 시간'은 아직도 밝혀지지 않았다. 이미 3년이 지난 사고임에도 불구하고 많은 사람이 그날을 잊지 않고 기억하려 애쓰는 것은 그만큼 정부의 대응이 무력했고 목숨을 빼앗긴 아이들의 청춘이 너무 아까웠기 때문이다. 박현덕의 새 시집에서도 격하고 안타까운 마음으로 '세월호'와 '팽목항'의 아이들을 애써 호명하고 있다. "미친개, / 생각의 덜미를 / 불온하게 물고 있는"과 "늦저녁 / 하늘을 껴안는 / 수백의 별 무더기"로 각각 종결한 단수에는 분노와 비애가 한꺼번에 쏟아지고 있다. 박현덕이 창녀와 노무자 등을 섬세하게 표현할 때도, 사회성이 짙은 작품을 구사해낼 때도 '미친개'라는 표현은 쉽게 쓰지 않았다고 기억한다. 이렇게 그의 시어에서 극히 찾아보기 힘든 표현이 쓰였다는 것은 그가 세월호 사건에 얼마나 큰 충격을 받았는지를 보여준다. "하늘을 껴안는 / 수백의 별 무더기"에는 물속에서 숨을 거둔 아이들의 영혼을 시의 힘으로 인양하여 하늘로 들어 올리는 마술 같은 공중 부양이 현란하게 펼쳐지고 있다. 이 핑계 저 핑계를 들어 3년이 되도록 세월호를 인양하지 않던 정부를 대신하여 수백의 영혼들을 별로 승화시켜 저 하늘에 안겨준 박현덕의 시는 얼마나 힘이 센가.

### 3. 시간의 다리 위에서 시를 줍다

박현덕의 새 시집 『아사리 은행나무』의 시편들은 작품의 특성과 소재에 걸맞게 네 개의 장에 잘 배치되어 있다. 그래서 필자도 작품을 추려낼 때 단락 안에서 취했기 때문에 배

열과 순서를 구성하는 데 용이했고 이러한 사전 배치를 한 시인의 의도 또한 일목요연하게 확인할 수 있어서 해설을 붙이는 데도 큰 도움이 되었다. 그간 박현덕 시인이 여러 권의 시집에서 다루었던 시간과 세월의 잔해들이 다양하면서도 조리가 있었던 것은 그만큼 그의 시 세계가 몇 가지 가치와 현실에 집중되어 있었기 때문이라고 생각한다. 박현덕은 이미 20대에 이르기 전인 고교 재학 시절에 시조와의 단단한 연결 고리를 만들었다. 그래서 이제 불혹의 언덕을 넘어 지천명에 이른 젊은 연치이면서도 등단 연도와 인연은 남다르게 빠른 편이다. 또한 첫머리에 그의 저작물과 성과에 대해 언급한 바 있지만 어느 연배와도 대적할 만큼 그의 시조의 결은 단단하다. 그가 새로 접하게 된 지천명의 경사가 새롭게 시인을 압박하겠지만 그만큼 더 크고 넓은 시안으로 그는 시밭을 일굴 것이다. 이번 단락에서는 그가 살고 있는 주변의 정서와 시간들을 다룬 감칠맛 나는 작품들을 살펴보기로 한다.

해안도로 옆
주막집
뼈대만 남아 있다

소리꾼처럼

울던 바다,

다시 비를 맞는다


버스는

가슴이 터질 듯

굵은 가래

내뱉고

–「선학동을 지나는 버스」 전문


   선학동은 우리나라 전국에 퍼져 존재하는 지명이다. 인
천과 충남에도 선학동이 있지만 우리는 이청준 선생의 「선
학동 나그네」와 영화 〈서편제〉를 통해 전남 장흥의 선학동
을 자연스럽게 연상하게 된다. 위 작품의 선학동도 당연히
장흥의 그곳이라고 해도 될 것이다. 장흥 출신인 이청준은
그의 소설 여러 곳에 고향의 발자취를 남겨두었다. 특히 자
전소설이라 할 수 있는 「눈길」에서 고향에 어머니를 남기
고 새벽 눈길을 헤치고 집을 떠나는 주인공 자신의 이야기
는 눈시울을 서늘하게 만든다. 그리고 「남도 사람」을 각색
한 영화 〈서편제〉와 그 후속편인 연작소설 「선학동 나그네」
는 박현덕의 시 「선학동을 지나는 버스」에도 어렴풋이 그

그림자가 서성거리고 있음을 알 수 있다. "뼈대만 남아 있"
는 "주막집"과 "소리꾼처럼 / 울던 바다", 그리고 "굵은 가
래" 등의 시어는 영화 〈서편제〉의 명장면들을 단박에 떠올
리게 한다.

　그러나 여기에서 그치면 박현덕의 시조가 아니다. 이러
한 기정사실 위에 시인은 몇 가지 자신의 터치를 그려 넣으
며 두껍고 단단한 이미지를 재구성하고 있다. 기구한 운명
과 시절의 애환을 풀어냈던 "소리꾼처럼 / 울던 바다"가
"다시 비를 맞는다"라는 중장은 시절이 변했어도 절절히
끓는 서민들의 고충과 맞닿아 있다. 주인공 '유봉'의 가래
끓던 절창은 무심히 지나가는 듯한 "버스" 배기가스에 빗
대어져, "가슴이 터질 듯 / 굵은 가래 / 내뱉고"라는 미처 다
뱉어내지 못한 소리꾼의 답답한 가슴과 어우러져 깊고 강
한 여운을 남긴다. 버스가 내뱉는 "굵은 가래"는 소리꾼의
목소리와 뒤섞이고 "주막집"과 "비"와도 유기 관계를 맺으
며 무심하게 선학동을 지나가는 듯하지만 곳곳에서 '선학
동－서민들의 애환'을 구수하게 꾸려내고 있는 것이다. 이
렇게 지난 시간들도 현실 속의 인간이나 시간들과 다시 어
우러지게 하는 박현덕의 호명은 각별하다 하겠다.


　　이른 가을 눈 내리네

중환자실 병상 머리

숨 가쁘게 뿜어내는
가습기 둘레마다

한밤 내
차곡차곡 쌓인
눈가루 부스러기
－「눈이 내리네」전문

배꽃도 다
마냥 지고

바람처럼
구름처럼

봄비에 젖어버려
세월 간다
했는데

간신히

마음 쓸고 간
천지간, 새의 깃털
―「비」전문


　자연현상 중 인간의 마음을 적시고 흔드는 것이 많지만 '눈'과 '비'처럼 오래도록 시의 소재로 다가오는 것들도 드물다. 세상에는 공평하게 비도 오고 눈도 내리지만 무심한 이에게는 그저 귀찮거나 번거로운 것이고, 필요에 의해 그것을 기다리는 농부나 장사꾼들에게는 반가운 일일 것이다. 하지만 예술가들의 눈과 귀는 각별하여 눈과 비의 이미지를 제각각 그려놓고 시로 그림으로 음악으로 표현한다. '눈이 내리네'는 유명한 프랑스 가수의 샹송 제목이기도 하다. 목소리도 분위기도 달콤하기만 했던 아다모의 노래가 "중환자실 병상 머리"에 다가와 "가습기 둘레마다" "눈가루 부스러기"로 "한밤 내 / 차곡차곡 쌓"이고 있으니 아마도 시인은 중환자실 환자에게 지상에서 가장 따스하고 보드라운 샹송으로 위안을 주고 싶었던 모양이다. 통통 굴러가는 멜로디와 진득하게 늘어지며 마음을 끌고 갔던 후렴구처럼 어서 중환을 떨치고 일어나라는 암호를 보내고 있는 것이리라. "눈가루 부스러기"로 끝난 말미는 사실 허상이다. 환자의 위급한 호흡과도 같이 가습기에서 뿜어 나온

습기는 다 날아가고 없으련만 시인은 "차곡차곡 쌓"였다고 말한다. 마치 환자의 병색 짙은 주변에 순결과 완쾌의 위무를 담아 휑뎅그렁한 병상을 희고 예쁘게 덮어주고 싶었을 것이다.

봄비는 새싹이 나오는 데 필수 요소지만 꽃이 핀 날 내리는 비는 낙화를 재촉하여 보는 이의 마음을 안타깝게 한다. "배꽃"도 "봄비에 젖어버려 / 세월 간다 / 했는데" 어쩌랴. 꽃은 잠깐이요, 그 자리에 서둘러 열매를 맺어야 하니 식물의 입장은 바쁘기만 하다. 그렇게 서둘러 꽃은 지고 시간이 지난 자리를 아쉽게 바라보는데 "간신히 / 마음 쓸고 간 / 천지간, 새의 깃털"이 다시 시인의 눈길을 사로잡는다. 비를 맞아가며 둥지를 떠나지 않고 알을 품었을, 가슴께 털이 모두 빠져버린 작은 새의 수척한 모습이 아연 마음을 더 깊은 곳으로 밀어 넣는다. 식물의 꽃이나 새의 알은 생명체들의 절정이자 번식을 위한 제일 중요한 핵심이다. 꽃을 피우고 알을 부화하기 위해 식물이나 새는 혼신의 힘을 다한다. 비가 내려 꽃을 떨구고 어미 새의 깃을 다 적시며 체온을 위협해도 생명을 위한 몸부림은 저지할 수 없다. 눈으로 꺼져가는 목숨을 끌어안고 비를 이겨내며 생명의 탄생을 지켜보는 시인의 낮지만 포근한 눈길이 짧고 단출한 단수시조를 끝까지 견지하는 모습은 참으로 아름답기 그

지없다.

해 지자 화순 대신리
돌무덤 산 축축하다

죽음은 둥둥 떠서
마음 한쪽 둘 데 없고

고인돌
만지며 노는
아이 손만 천진하다
ㅡ「고인돌 3」 전문

밤에 듣는 파도 소리

그 천 년을
접었다 펴고

바다에 제 이름을
깊게 새긴
대왕암

여윈 잠

그리움 찾아

용혈로 드나든다

　　　－「감은사지에서」전문


　이제 박현덕의 걸음은 천 년의 시간을 건너 은밀하고 조붓하게 돌무덤으로 가고 있다. 땅에 있는 돌무덤은 물론이고 바다에 있는 돌무덤에도 눈길을 주고 있다. 천 년 이상 지난 무덤에 무슨 자취가 있을까마는 사람들은 여전히 무덤의 어느 주인공을 연상한다. 이 두 편의 작품은 무덤이 소재이지만 생명을 암시하는 요소들로 되살아나고 있다. "고인돌 / 만지며 노는 / 아이 손"과 "용혈로 드나든다"는 문무왕의 노심초사라 할 수 있다. 아이가 무덤인 줄도 모른 채 천진스럽게 바위를 만지며 노는 것은 자연스러운 일상이다. 죽음의 그림자가 서성거리는 곳이지만 아이에게는 전혀 상관이 없다는 말이다. 수천 년 전의 죽음과 어리고 앙증맞은 새 생명의 어린 손을 대비하며 자연 순환의 이치를 암시하고 있다.

　감은사지와 대왕암에는 많은 설화들이 전해진다. 죽어서도 나라를 지키겠다며 수장해줄 것을 유언하고 생을 마감

한 문무왕이 짓기 시작해서 아들 신문왕이 건립한 감은사지와 수중릉인 대왕암은 한 몸이라 해도 과언이 아니다. 감은사지 밑으로 수로를 뚫어 선왕의 영혼이 드나들도록 한 충심이 두 곳을 하나로 엮고 있기 때문이다. 그러니 파도 소리 하나에도 대왕의 근심과 영혼이 깃들어 있음은 세월이 지나가도 변치 않을 것이다. "여윈 잠 / 그리움 찾아" 대왕암에서 감은사의 "용혈로 드나"드는 곳이라서 대왕암을 소재로 하고 있으면서도 시제를 '감은사지에서'라고 붙인 연유라고 생각한다. 이토록 까마득한 시간의 다리를 건너다니며 시를 골라내는 그의 발걸음은 아직도 바쁘고 부지런하다.

### 4. 술잔으로 건너오는 풋잠의 시간들

3부의 시편들은 박현덕 시의 본류인지도 모른다. 그가 「스쿠터 언니」「송정리 시편」「겨울, 등광리」 등 연작에서 구사한 낮고 작은 것들에 대한 외경심과 저항 정신은 이미 그 굵직하고 튼실한 뿌리를 통하여 한 획을 그은 바 있기 때문이다. 이렇게 그의 시선이 한없이 낮은 곳으로 향하는 근저에는 누구보다도 강력한 분노와 한없이 높은 사랑이 자리하고 있다고 믿는다. 정의와 사랑이 한 몸이라면 그 뿌리는 이들을 발현시키는 '분노'임이 틀림없다. 정의는 불의를 바라보는 강직한 눈길에서 싹트고 그 항심으로 자라나는 것이다. 여기 박현덕이 주변에 널브러진 고단한 노동자들의 삶에 주목하는 것은 그것을 방기하고 조장하는 국가권력에 대한 강력한 도전이며 경고라고 보아야 한다. 어떤 이는 왜 아직도 그가 70년대식의 작품을 쓰는가 물어 올 것이다. 참여와 서정의 논쟁이 불꽃을 튀겼던 그 시대는 지나갔다고 말할 것이다. 그러나 보라. 삶의 수준이 높아졌고 국민소득이 올라간 사람들의 범주가 조금 확장된 것은 사실이지만 아직도 많은 사람이 음지에 놓여 있다. 부유한 이들의 손에서 나온 세금으로 그 반대편에 있는 이들의 삶을 괴어 주는 것에 찬성하지 않거나 이에 무지한 이들이 이 사회에는 아직도 많다. 복지국가라면 이 두 부류의 차이를 줄여서 최저의 수준을 자꾸 확장하고 끌어올리는 것이 마땅한 순리이다. 그러나 정부는 각종 수치의 평균치만을 고집하고 양극의 폐단은 애써 감추려 한다. 그래서 박현덕의 시는 이러한 현실에 강력한 항의를 보내는 것이다. 아마 그가 국가권력에 보내는 항의 화살은 그치기 어려울 것이다.

포장마차 후미진 자리 사내 몇 훌짝인다

실직의 나날만큼 비닐막 밖 비에 섞여

밤길에 마중 나온 아내 눈물 같은 술잔이다
ー「신가리 포장마차」 전문

가로등이
졸고 있다

집으로 가는
퇴근 버스

가압류한
시간 풀고

공단 밖으로
밀려난다

오늘도
헛것으로 산 몸,
술주사를

놓아야지

－「밤길」 전문


　힘든 일을 하는 노동자들의 삶에는 늘 술이 뒤따른다. 당
장 고된 몸을 녹여줄 수 있는 알코올에 의지하게 되는 것이
다. 더울 때는 더운 곳에서 추울 때는 추운 곳에서 그대로
몸으로 일상을 밀어붙여야만 하는 숨 가쁜 현장에는 늘 위
험이 뒤따르고, 행여 재해의 나락으로 굴러가도 제대로 된
처치나 보상을 받기도 어렵다. 무거운 일상을 짊어지고 가
면서도 예측이 어려운 불확실한 미래를 통과해야 한다는
것은 무엇보다도 힘든 굴레일 수밖에 없다. 두 작품에는 '실
직', '눈물', '가압류', '술주사' 등의 어둡고 불안한 시어들이
등장하며 일과를 끝낸 작업장 인부들의 밤이 그려진다. 낭
만도 꿈도 발을 들여놓을 수 없는 포장마차의 밤이 나뒹굴
고 있다. 퇴근 이후 하루를 위안하고 충전하며 기울이는 술
잔이 아니라 당장 "실직"을 걱정하며 "헛것으로 산 몸"을
한탄하는 술잔이니 당연히 즐거울 수가 없을 것이다. "술주
사를 / 놓아야지"라고 능청을 떠는 농담조차 슬픈 허공에
퍼지고 말아서 '밤길'은 더욱 어둡고 불안하다. 작품에 작은
희망조차 불어넣어 줄 수 없는 시인의 마음은 오죽하랴.

새벽 네 시
직업소개소
꽃불 주위의 중년들

무너진 꿈
가슴에 안고
발을 동동 구르며

허기진
하루살이 노동
호명 소리
기다린다
―「인력시장에서」 전문

깝깝스럽다
중국 동포
일용직 건설 노동자

공치는 날 너무 많아
낮술에 풋잠 잔다

타버린

살갗 속으로

햇살이

금침 놓는다

—「공친 날」 전문


두 작품의 시제는 어찌 보면 구태를 벗어나지 못한 진부한 제목일 수 있다. 국민소득 3만 불을 바라보는 세계 10대 교역국에서 이게 무슨 이야기인가, 이렇게 의아해하는 사람도 있을 것이다. 그러나 우리 사회에는 점잖게 넥타이를 매고 회사에 출근하는 사무직 근로자나 기능직 현장 요원은 아니더라도 4대 보험이 보장되고 최소한 근로기준법이나 노동조합법의 보호를 받는 사람만 있는 것이 아니다. 비정규직 수준의 파견 근무 요원이라도 좋겠지만 아직 우리 사회에는 그 차고 넘치는 법률이 아무 보호막이 되어주지 못하는 사각지대에서 위험과 불법을 무릅쓰고 오로지 일당만을 바라보며 목숨을 거는 경우가 허다하다. 위의 작품들은 바로 그 수준 이하의 사지에서 벌어지는 우리 주변의 이야기다. 그래서 시인은 구태를 지금까지도 뒤집어쓴 채로 '인력시장'이라는 허울 좋은 음지에서 '공친 날'이 무엇인지 생경해하는 우리에게 이렇게 항변이라도 해보는 것이다. 시가 구태를 벗지 못하는 것이 아니라 반대로 우리 사회가 너무 지나치게 구태를 벗지 않는 것이다. 경제민주화가 무슨 뜻인지도 모르는 자가 경제민주화를 대선 공약으로 내걸고, 무지한 이들이 던진 수백만 표를 후려 가고, 그렇게 대통령이 된 자는 자기 아버지의 방식대로 재벌의 법인세를 낮춰주고 재벌 총수를 감옥에서 꺼내주거나 회사 합병을 위한 모사에 동참해 수백억 원을 갈취해 갔다. 이런 웃지 못할 일들이 수십 년 전의 지나간 일이 아니라 바로 지금 우리의 상황인 것이다. 사실 양극화가 극에 달한 현재, 국가가 가장 많은 관심을 보여야 하는 부류는 부유층이나 재벌이 아니라 빈곤층이다. 이들이 버티고 있는 최저의 지경을 조금이라도 들어 올려주기 위한 노력이 우선되어야 하지만 극우의 정권은 항상 재벌들과의 거래를 우선했다.

"허기진 / 하루살이 노동"도 무심하게 지나가는 "호명 소리"가 없으면 그날은 바로 '공친 날'이 되고, 하릴없이 "낮술에 풋잠"을 자며 "무너진 꿈"을 달래나 보는 것이다. 지금 이 시간, 여기에 있는 일 자체가 불법인 "중국 동포 / 일용직 건설 노동자"에게 법이 무슨 소용일 것이며 보험은 또 얼마나 허망한 복지란 말인가. 구태라는 오명을 무릅쓰며 박현덕은 오래전부터 이런 진부한 작품에 매달렸다. 내가 발을 붙이고 사는 이 세상이 하루빨리 '진부와 구태'에서 벗어나

기를 간곡하게 기도하며 스쿠터 언니를 호명하고 송정리 사창가 창녀를 보듬어 안은 그에게 다시 한번 고개를 숙인다. 그가 비록 대답 없는 저 허공에 쏜 화살일지라도 언젠가 이 사회의 한 줌 산소가 되고 위정자들에게는 일침이 되어 박현덕이 '진부한 시'를 손에서 놓게 될 그날을 기다릴 뿐이다. 그때까지 '중국 동포 일용직 건설 노동자'들이여, '하루살이 중년'들이여, 부디 무탈하시라.

## 5. 참세상, 무등無等을 꿈꾸다

우리나라의 지명을 찬찬히 살펴보면 그 땅과 그곳에 사는 사람이 주변과 상통하며 시류를 거스르지 않고 얼마나 지극하게 버티고 있는지가 보인다. 가령 문경聞慶이랄지 밀양密陽, 화순和順, 순천順天 등의 지명에서 우리가 살갑게 느낄 수 있는 요소들은 어쩌면 종합 인문학의 정점이라 해도 무방할 것이다. 특히 빛고을 광주光州와 무등산無等山의 호칭은 참 묘하고도 신성한 느낌으로 가득 차 있다. 고려 말의 대석학이자 3은의 한 사람인 목은 이색이 「석서정기」에서 '光之州'라고 하여 '빛의 고을'로 해석했다는 유래는 현대사에 이르러 더 강렬하고도 신선하게 우리에게 다가온

다. 빛은 곧 광명이고 광명 이념은 우리 민족의 고유 신앙이며 기본 철학이라 할 수 있다. 광주는 태양의 도시이며 광명의 도시요, 빛의 고을이니 이를 구현하기 위해 민중의 삶도 민족이 어려움에 봉착할 때마다 꿋꿋하게 이겨냈던 원동력이었으며 빛나는 역사의 주체였던 것이리라.

무등은 광주의 상징 무등산을 뜻한다. 여기서 무등無等의 숨은 뜻이 자못 장엄하다. '무등'의 사전 의미는 '더할 나위 없이 좋다'는 것인데, 여기에 있는 '등等'의 의미에 상당히 이율배반의 뜻이 숨어 있다. '등급'이나 '견주다'라는 뜻이 있으면서 반대로 '같다' 또는 '가지런하다'의 의미도 있다. 앞에 기술한 바대로 무無가 앞에 떡 버티고 '~이 아니다'라고 막아서고 있으니 '등급이 없다' 또는 '가지런하지 않다'의 의미가 되는 것이다. 언뜻 상반의 뜻이라 생각되지만 무시무종無始無終과 같은 큰 맥락에서 들여다보면 '등급'이나 '같음'과 같이 인간의 안목에 따라 달리 보일 수 있는 관념 자체를 인정하지 않는, 그래서 구별이나 차이가 무의미한 대각성의 시각으로 파악해야 할 것이다. 작거나 좋거나 한편으로는 크거나 싫은 것들은 어느 한 축의 기울어진 개념을 가지고 보는 것이라서 상대의 축에서 보면 그 반대의 의미가 될 수도 있다. 그러니 이곳의 무등은 인간의 논리와 호불호가 배제된 대자유의 논리에서 아무 편견과 구별이 작용

하지 않는 '화평의 경지'라 할 수밖에 없겠다. 그런 의미에서의 무등이려니 광주라는 의미와 얼마나 잘 어울리는 이름인가. 빛이 어느 곳이든 가리지 않고 골고루 내려와 지구의 온 물상들을 끌어안듯 빛고을과 무등은 한뜻으로 어울리는 이름이다. 아마도 그래서 광주와 무등의 기운이 민주와 평화를 추구하는 그곳 사람들의 몸에 배어 있을 것이다.

동굴로 걸음 옮긴, 해남집 아낙처럼

금남로 저기 약산藥山
노래를 부릅니다

어쩌랴
무장 트럭 한 대가
빗속으로
질주한다
—「무등을 생각하며 3 — 五月祭」 전문

눈 허벌차게 내린 날엔
아버지를 만난다

그 아픔 이후
무등산에
뿌려놓은 말씀이

이윽고
몸을 일으켜
저 하늘을 덮는다
—「무등을 생각하며 5 — 중봉에서」 전문


아마도 1980년에 광주에 살았던 사람들이라면 그 5월을
잊을 수 없을 것이다. 세월이 많이 흘렀음에도 다시 5월을
이야기하는 것이 버거운 것은 그 상처가 많이 남아 있다는
뜻이다. "동굴로 걸음 옮긴, 해남집 아낙"은 어떤 모진 일을
당했을까. 어디 그뿐이랴. 내 피붙이 아니었어도 내 친구 아
니었어도 무참하게 쓰러진 그들을 내 두 눈으로 본 것만으
로도 평생 짊어질 트라우마의 무게가 바위 같을 것이다. '해
남', '금남로', '약산', '중봉'뿐 아니라 이제는 전국의 어느 곳
에서도 그 아픔을 나누고 느낀다. '五月 — 그 아픔'이 시제
'무등'과 함께 묵직하게 들어앉아 시의 균형을 잡고 있다.
"무장 트럭 한 대"는 아직도 그들의 뇌리에 수시로 등장하
여 시절을 일깨우고, "무등산에 / 뿌려놓은 말씀"은 성찰의

등성이를 넘어 언제라도 빛과 무등을 위해 다시 "몸을 일으켜" 달려 나갈 수 있는 힘이 되었을 것이다. 그래서 광주는 호남의 가슴이 되었고 무등은 그들의 신념이 되어 공평하고 평화롭게 "저 하늘을 덮는" 것이다.

밤 무덤을 둘러싼
나무들이 손 비빈다

대물린 감옥에서
마음 앓아
몸져 누웠거늘

그렇다
애비는 만적이었다
가슴밭에
칼을 숨긴
−「무등을 생각하며 6− 김남주 시인의 묘에서」 전문

"김남주는 무등산 아래 살았던 시인이다." 이 한 줄의 글이 그를 대변한다고 해도 과언이 아니다. 그래서 그는 무등 세상을 꿈꾸다가 "만적"의 가슴을 닮은 역적이 되었고 그

답게 「나의 칼 나의 피」 「사상의 거처」와 같은 처절한 시를 남기고 젊은 나이에 세상을 떠났다. 무등 아래서 글을 쓰는 시인이라면 누구라도 "가슴밭에 / 칼을 숨긴" 그런 마음 한 자락쯤은 다 가지고 살아가는 것이다. 고려시대 정중부의 노비로 최초의 신분해방운동을 했던 만적을 등장시키며 "애비는 만적이었다"라고 종장에 방점을 찍은 이유도 '무등'의 정신과 연결하려는 의도가 깔려 있다. 박현덕은 이렇게 광주 무등에서 '아버지―김남주―만적'을 상기하고 그들이 추구했던 정신이 바로 빛의 상징이요, 평등의 기틀이라는 간곡한 이야기를 하고 있는 것이다.

## 6. 에필로그

박현덕은 스무 살 비단 같은 나이에 시조단에 적을 올렸고 이제 지천명의 나이로 등단 30년이라는 큰 위업을 이루고 있다. 그의 연치로만 보면 앞으로 이보다 더 긴 시간을 다시 시조를 들고 더 많은 위급 상황과 당당하게 맞설 것으로 보인다. 지금까지 그의 시조는 우리 사회 현실의 작고 낮은 문제들을 견고하게 엮어내며 상당히 좋은 반향을 불러일으켰다. 특히 이번 단시조집을 통해 더욱 견고하고 튼튼

한 정형 아래 끝없이 다양하고 풍부한 서정의 결을 엮어내고 있다. 마치 그의 시가 노자의 『도덕경』에 나오는 상선약수上善若水의 경지를 추구하듯 작고 낮은 곳을 지향하고 있어서 놀라움을 금할 수 없다. 이것은 그가 꿈꾸는 무등의 세상과도 잘 어우러지는 본령이어서 더욱 알뜰하고 튼실한 생각의 영역이라고 여겨진다. 마지막으로 시인의 간절한 우려가 깊게 엉겨 있는 작품을 되돌아보며 글을 마치려 한다.

무등 연작 첫자리에 놓인 이 작품은 부제가 '무등산' 그 자체로 되어 있으며 박현덕이 '無等'에 대해 견지하고 있는 기본 생각의 골격을 이루는 작품이다. 무등산은 광주에 있지만 사실 전라남도의 중심에 있다고 여겨지며 그곳에 사는 사람들이 모두 경각심을 일깨우는 명산으로 생각하는 곳이다. "눈빛 몹은 고을고을"에서 바로 이러한 경향을 읽을 수 있다. "늘 곤한 잠이 드나 / 높새바람 다시 일고"에서는 독재와 보수의 편견으로 바람 잘 날 없이 가해지던 핍박을 봄철 농작물에 피해를 주는 건조하고 차가운 "높새바람"에 비유하고 있다. 종장에도 그 우려와 걱정이 풀리지 않아 "첩첩 쌓인 안개"가 걷히지 않고 오래도록 "앞 뒷 산"을 가리고 있는 현실을 그리며 이 작품을 무등 연작 제1선에 놓았다. 완도에서 태어나 광주를 거쳐 화순에 살고 있는 박현덕은 그래서 무등의 시인임에 틀림없다.

　　내 유년 적 별을 따던
　　눈빛 몰은 고을고을

　　늘 곤한 잠이 드나
　　높새바람 다시 일고

　　앞 뒷 산
　　첩첩 쌓인 안개
　　나비마냥 날고 있다
　　─「무등을 생각하며 1 ─ 無等山」전문